Disney

R

NE

MON HISTOIRE du soir

Les nouvelles reines

Maintenant qu'Anna et Elsa ont sauvé Arendelle, chacune suit sa propre voie. Anna va devenir reine à la place de sa sœur, tandis qu'Elsa vivra dans la Forêt Enchantée. En tant que cinquième Esprit, elle reste aux côtés des êtres magiques et des Northuldra.

Elsa salue alors sa sœur et ses amis.
Puis elle monte sur le dos du Nokk,
l'Esprit de l'Eau, et s'éloigne en galopant
sur le fjord.
– On se revoit bientôt ! lui crie Anna.

Les jours suivants, Anna se consacre
à ses nouvelles fonctions de souveraine.
Elle se préoccupe des soucis de chaque habitant,
jusqu'au moment où elle remarque
qu'Olaf n'a pas le moral.

– Qu'est-ce qui ne va pas ? s'inquiète-t-elle.
– Je suis un peu triste depuis le départ d'Elsa, lui avoue le bonhomme de neige.
Pour le réconforter, Anna lui propose de lire des contes aux enfants d'Arendelle.

– Je me sens beaucoup mieux ! se réjouit Olaf après sa séance de lecture. J'ai hâte d'en parler à Elsa. Oh, non..., s'interrompt-il en se souvenant de l'absence de son amie.

– Elsa te manque, n'est-ce pas ? comprend Anna.

La jeune femme serre Olaf contre elle.
– Rien n'a changé. Même si elle est loin,
Elsa nous aime toujours, lui explique-t-elle.
J'ai une idée : tu vas faire une liste de tout
ce que tu veux lui raconter, comme ça,
tu n'oublieras rien lors de sa prochaine visite !

Au château, Anna retrouve Kristoff
qui lui offre une boîte de chocolats.
– Comme c'est gentil ! s'émerveille-t-elle
en prenant un chocolat. Je vais vite
en apporter à Elsa...
Elle s'arrête de parler, bouleversée.

Comme Olaf, elle aussi a tendance à oublier
que sa sœur n'habite plus avec eux.
– Je sais que l'absence d'Elsa est difficile
pour toi. Cela représente un grand changement,
mais tu vas t'y habituer, la rassure Kristoff.
Sven, Olaf et moi, nous sommes là pour toi.

De son côté, dans la Forêt Enchantée,
Elsa admire un superbe arc-en-ciel.
– Quand j'étais petite, j'adorais les regarder
avec Anna, confie-t-elle au Nokk. Ma sœur
me manque tellement...

Encouragée par Bruni, l'Esprit du Feu,
Elsa demande de l'aide à Courant d'Air,
l'Esprit du Vent, pour lui envoyer un message.
Quelques instants plus tard, une statue de glace
se matérialise dans le bureau d'Anna.
Elle représente les deux sœurs enfants
et Elsa désigne le ciel.

Anna regarde au-dehors et est émerveillée
par le spectacle qui s'offre à elle.
Vite, elle s'empresse de répondre à sa sœur :
« Merci pour l'arc-en-ciel ! Je t'aime et je pense
fort à toi », écrit-elle.

Courant d'Air se charge ensuite d'apporter son petit mot à Elsa. Comme elle est heureuse de pouvoir à nouveau communiquer avec Anna ! Désormais, l'Esprit du Vent sert de messager entre les deux sœurs.

Quelque temps plus tard, Elsa se rend à Arendelle pour revoir tous ceux qu'elle aime.

– J'ai plein de choses à te raconter ! s'écrie Olaf.

– Moi aussi, ajoute Anna.

– On compte sur toi pour jouer au mime, ce soir, intervient Kristoff.

Cette nuit-là, les deux sœurs discutent en contemplant une aurore boréale.
– La prochaine fois, c'est moi qui viendrai dans la Forêt Enchantée, déclare Anna.
– Avec plaisir, se réjouit Elsa.
Même si chacune a une nouvelle vie, elles savent qu'elles seront toujours là l'une pour l'autre.

PRÈS DE 100 HISTOIRES
POUR S'ENDORMIR EN DOUCEUR.

Directeur : Antoine Béon ; Responsable éditoriale : Adélaïde Lebuy ; Responsable artistique : Pauline Ortlieb ; Fabrication : Marine Wiplier ;
Édition : Naïma Timzouert ; Suivi éditorial : Stéphanie Go ; Adaptation des textes : Emmanuelle Caussé ; Maquettiste : Célia Cousty ; Relecture : Catherine Rigal.

Édité par Hachette Livre – 58, rue Jean-Bleuzen – 92178 Vanves Cedex
Imprimé par Macrolibros en Espagne – Achevé d'imprimer : août 2021
ISBN : 978-2-01-204836-2 – Édition : 01 – Dépôt légal : août 2021
Loi n°49-956 du 16 juillet 1949 sur les publications destinées à la jeunesse
Pour tout renseignement concernant nos parutions, nous contacter par e-mail : disney@hachette-livre.fr
Pour l'éditeur, le principe est d'utiliser des papiers composés de fibres naturelles, renouvelables, recyclables et fabriquées à partir de bois issus de forêts qui adoptent un système d'aménagement durable. En outre, l'éditeur attend de ses fournisseurs de papier qu'ils s'inscrivent dans une démarche de certification environnementale reconnue.